Du bist einzigartig wundervoll

Mara Linde

Dieses Buch gehört:

____

Inhaltsverzeichnis

Die Monsterjagd

Eine Geschichte über

Fantasie und großen Mut.

"Maaaammmaaaa", rief Tim, der blonde Junge aus seinem Kinderzimmer. "Mammaaaaaaa!!" Tims Mutter kam im Schlafanzug angerannt.

"Was ist los Schatz?", fragte sie aufgeregt. Tim saß auf seinem Bett und wartete gespannt, bis Mama das Licht anmachte. "Mama, da war ein Monster, ich habe es genau gesehen."

Tim wurde von seiner Mutter mit großen Augen angesehen. "Schatz, es gibt keine Monster. Wo sollen die denn herkommen, Schatz." Tim nahm fragend sein Kinn in die Hand. "Nun, aus dem Hauptquartier der Monster", sagte er mit Überzeugung. "Ich bin mir sicher Schatz, dass das Hauptquartier der Monster schon lange geschlossen wurde", versicherte Tims Mutter.

Mit großen Augen beobachtet Tim, wie seine Mutter die Tür des Kleiderschranks öffnete, unter das Bett und auch hinter die Kinderzimmertür schaute. "Hier gibt es keine Monster", sagte sie mit großer Entschlossenheit. Tim wollte ihr einfach nur glauben und sich in seinem Bett zurücklehnen. Erneut erhielt er von seiner Mutter einen Gute-Nacht-Kuss. "So, jetzt lass uns schlafen!", sagte sie zu ihrem kleinen Liebling.

Tim schloss die Augen und schaffte es, ohne Monsterbesuch wieder einzuschlafen. Am nächsten Morgen wurde er von der Sonne geweckt. Tim wachte sehr früh auf. Seine Eltern schliefen noch.

Tim schlich sich ganz leise an das Bett seiner Eltern und sprang mit einem großen Satz auf die Bettdecke.

Mama erschrak und setzte sich im Bett auf, während sie Tim wütend anschaute. "Mein lieber Freund, was soll der Unsinn?", schimpfte sie ihn aus. Aber Tim konnte einfach nicht ernst bleiben. Mamas Haare formten sich zu einem Vogelnest auf ihrem Kopf und Tim stellte sich vor, wie ein großer Flugsaurier dort landete.

Er hielt sich die Hand vor den Mund und begann zu lachen. "Warum lachst du?", fragte seine Mutter und gähnte. Aber Tim konnte vor lauter Lachen kaum ein Wort herausbringen. "Mama, deine Haare!", sagte er kichernd und zeigte auf das Nest auf ihrem Kopf.

Tims Vater drehte sich langsam um und packte den kleinen Tim, der immer lauter lachte. "Das ist Mamas Superkraft", sagte er und flüsterte Tim ins Ohr.

"Bei Mama können Flugsaurier landen?", fragte Tim seinen Vater mit großen Augen. Er musste bei dem Gedanken leicht schmunzeln. "Nein, Mama schafft es immer, umwerfend zu sein."

Tim sah seinen Vater entsetzt an. "Papa, du bist ein Schleimer", sagte er kichernd. Tims Mutter stand entsetzt auf und begann ihren Bademantel anzuziehen. Sie ging in die Küche und Tim folgte ihr: "Mamaaaa? Die Monster waren heute Nacht wirklich da." Tims Mutter warf ihrem Sohn einen strengen Blick zu. "Schatz, wo sollen die Monster herkommen?"

Tim war entsetzt, dass seine Mutter es nicht wusste. "Nun, aus dem Monsterland." Die Mutter schaute ihren Sohn an, der einfach nicht von seiner Meinung abweichen wollte. Sie musste etwas tun und sie hatte direkt eine brillante Idee.

"Schatz, wenn es wirklich Monster in deinem Zimmer gibt, werden nur die Kinder sie sehen. Sie sind vor Erwachsenen verborgen." Tim sah seine Mutter an. Er musste etwas tun, sein Zimmer gehörte immer noch ihm, und er wollte nicht zulassen, dass die Monster mit seinem Spielzeug spielten.

Nach dem Frühstück machte sich Tim an die Arbeit. Schließlich war er ein Junge und wusste, wie man Monster bekämpft. Er nahm eine große Decke aus Mamas Kleiderschrank. Diese band er sich mit einer Schnur um die Schultern. Sein Superhelden-Umhang war fertig.

Perfekt, jetzt brauchte er nur noch eine Monsterverteidigung. Vielleicht haben sie Angst vor Wasser. Bestimmt! Er suchte in seiner Spielzeugkiste nach der Spritzpistole. Nachdem er sie gefunden hatte, ging Tim ins Badezimmer und füllte die Waffe mit Wasser.

Tim wollte die Monster heute Nacht verjagen. Also nahm der die Wasserpistole mit und versteckte sie unter dem Bett. Wie jeden Abend brachte ihn seine Mutter ins Bett.

Nachdem seine Mutter das Zimmer verlassen hatte, nahm Tim seine Waffe in die Hand. Kommt schon ihr dummen Monster, dachte er. Die Monster kamen auch in dieser Nacht zurück, aber heute würde Tim allen Mut zusammennehmen. Bevor er nach seinen Eltern rufen konnte, schoss Tim das Wasser in Richtung Kleiderschrank, noch bevor die Monster einen Fuß in sein Zimmer setzen konnten. Er traf sie alle.

Am nächsten Morgen betrat Tims Mutter das Kinderzimmer und ging von einer Pfütze zur anderen. "Ihhhhh", rief sie. Tim sprang erschrocken auf und feuerte die letzte Munition ab.

Allerdings traf er nicht das Monster, sondern seine Mutter, die vor seinem Bett stand. "Tim, was soll der Unsinn?", fragte sie. Tim sah seine zerzauste, nasse Mutter an. "Ich habe die Monster heute Nacht verjagt", sagte er.

Tims Mutter sah ihn an. "Und hat es etwas bewirkt?", fragte sie ihn.

"Mama, ich weiß es noch nicht, ich werde es heute Abend sehen." Aber Tim war sich sicher, dass seine Mission ein Erfolg war.

Rätselfragen zur Geschichte

Womit besiegte Tim die Monster in seinem Zimmer?

Wo versteckten sich die Monster in Tims Zimmer?

Aus welchem Land kamen die Monster?

Der Arztbesuch

Jungs sind hart wie ein Stein

Eine Geschichte die Angst zu besiegen.

Jan stand am Morgen mit schlechter Laune auf. Er hasste diesen Tag. Denn heute musste er mit seiner Mutter zum Arzt gehen. Seine Mutter hatte einen weiteren Termin vereinbart. Jan wollte das nicht, weil er wusste, dass der Arzt ihn wieder mit seinen bösen Ratschlägen nerven würde.

Im Allgemeinen hatte er nicht verstanden, warum er dorthin gehen musste. Er war nicht krank, ganz im Gegenteil. Er fühlte sich großartig. Vielleicht musste er seiner Mama einfach beweisen, wie gesund er war. Richtig, das war es.

Er musste Mama beweisen, dass Jungs keine Ärzte brauchen. Er beschloss, seiner Mutter die Stärke zu zeigen, die in ihm steckte. Aber wie sollte er das tun? Da kam ihm eine Idee. Er stürzte aus seinem Zimmer und rannte in die Küche. Seine Mutter saß dort mit ihrem Kaffee und der Tageszeitung.

Sie bemerkte Jan nicht einmal, der sofort zum Angriff überging. Er sah die Milchpackung auf dem Tisch. Nun, er würde sie ohne Probleme öffnen. Er huschte an Mama vorbei, setzte sich auf seinen Platz und griff nach der Milch. Mühsam schraubte er den Verschluss auf. Das ist ihm gelungen. Mama schaute Jan verwundert an.

"Möchtest du ein Glas Milch?", fragte sie ihn. Jan schüttelte den Kopf. "Schau, wie stark ich bin, Mami", sagte er. "Ja, ich weiß, dass du das bist, mein Schatz", sagte sie zu ihm und streichelte seinen Kopf. Nun, das war nicht genug.

Er holte seinen großen Dino aus dem Zimmer. Jan stellte den Dino in den Flur, damit Mama es sehen konnte, wie kräftig und gesund er war. Plötzlich stürzte er sich auf den Dinosaurier.

Er fiel mit einem einzigen Schlag um. Seine Mutter sah zu und applaudierte.

"Du bist ein echter Dinosaurier-Eroberer", sagte sie zu ihm. Es half nicht, Jan merkte, dass Mama ihn nicht ernst nahm. Er kehrte in sein Zimmer zurück. Was hätte er tun sollen? Dann hatte er eine Idee. Der Arzt konnte ihn nicht stechen, wenn er einen Verband am Arm trug. Also holte Jan einen Verband aus dem Medizinschrank und legte ihn um seinen Arm.

Schnell zog er den Pullover an, damit Mama seine Idee nicht bemerkte. Gemeinsam gingen sie zum Arzt. Im Wartezimmer waren schon einige Kinder, die fröhlich mit den Zügen in der Spielzeugkiste spielten. Jan wollte nicht. "Mama, warum müssen wir hier sein. Ich bin nicht krank." , fragte er seine Mutter.

"Schatz, wir gehen hierher, damit du nicht krank wirst", sagte seine Mutter. Aber Jan verstand es nicht. Er verstand nicht, was er hier tat. "Mama, aber es muss nicht so sein. Ich bin hart wie ein Stein. Ich werde nicht krank", sagte er seiner Mutter.

Sie sah ihren Jungen an. "Schatz, wir müssen dir einen Impfstoff geben, damit du nicht krank wirst. Du möchtest mir doch nicht erzählen, dass du Angst vor so einem kleinen Piecks hast." Jan versteht es einfach nicht. Aber er hatte keine Zeit mehr, darüber nachzudenken. Er und seine Mutter wurden aufgerufen.

Heute wird der Arzt überrascht sein. Jan sein Arm war ja verbunden. Als er im Behandlungsraum wartete, kam der Arzt herein. "Jan, wie geht es dir?", fragte er. Jan sah den Mann an. "Okay, deshalb kann ich wieder gehen", sagte er.

Aber der Arzt sah nicht so aus. Er schaute auf seinen Computer und dann wieder zu Jan. "Ich habe gerade gesehen, dass heute die nächste Impfung fällig ist."

Jan blieb wie angewurzelt auf der Stelle sitzen. "Nein, das glaube ich nicht", sagte er. Der Arzt sah ihn an, kam auf ihn zu und holte die Spritze aus der Schublade. Aber Jan wusste, dass der Arm bandagiert war. Deshalb konnte der Arzt ihm keine Spritze geben.

Mama half Jan, seinen Pullover auszuziehen und sah den dicken Verband. Fragend sah sie Jan an. Aber er antwortete nicht. Der Arzt seinerseits erkannte die Situation. "Weißt du Jan, ich kann dich verstehen, wer will schon gestochen werden? Aber soll ich dir ein Geheimnis verraten?" Jan sah den Arzt an und nickte. "Komm her", sagte er.

"Weißt du, dass ich die Macht habe, dich zu einem echten Superhelden zu machen?" Jan sah den Arzt fragend an. "Was dachtest du denn, was in dem Impfstoff ist? Er enthält das Elixier der Superkraft, das dich vor bösen Keimen schützen soll."

Jan sah den Arzt mit großen Augen an. "Echt jetzt?", fragte er. Der Arzt nickte einfach. Jan rollte die Bandage ab. "Ich bin bereit", sagte er. Der Arzt setzte die Spritze an und Jan murrte nicht einmal. Es war gar nicht schlimm. Jetzt würde er bald ein echter Superheld sein.

Rätselfragen zur Geschichte

Wovor hatte Jan Angst?

Was hatte Jan sich um den Arm gebunden?

Welches Geheimnis erzählt der Arzt Jan?

Male alles aus, was ein Arzt benutzt.

Der Superhelden-Modus

für kleine Geschwister

Eine Geschichte über Eifersucht und Liebe.

Martin war seit vier Monaten ein großer Bruder und um ehrlich zu sein, hasste er seine neue Aufgabe. Mama und Papa hatten keine Zeit mehr für ihn. Und als Oma und Opa kamen, hingen auch sie nur mit seiner kleinen Schwester herum. Sofia bekam die ganze Aufmerksamkeit und das machte Martin wütend.

Er war für alle "der Kleine" und "der Liebling". Seit Sofia da war, ist das nicht mehr so. Auch an diesem Sonntag hatte Martin wieder die Nase voll. Er hätte gewarnt werden können, dass man als großer Bruder immer nachgeben muss.

Mama wollte mit ihm Knete machen, aber jetzt musste sie zurück zu Sofia, die einfach nicht den Mund halten wollte. Martin ging genervt in sein Zimmer und schlug die Tür hinter sich zu. Traurig und ein wenig deprimiert setzte er sich aufs Bett.

"Ich möchte kein großer Bruder mehr sein. Das ist alles dumm", sagte er laut und verärgert zu seiner Wand aus Superhelden. Dort an der Wand, gegenüber seinem Bett, sah er Hulk, Superman und Iron Man. Keiner von ihnen hatte Geschwister und sie brauchten diese Schreier auch nicht.

Beleidigt über die Störung durch seine kleine Schwester, setzte sich Martin an seinen Schreibtisch. Er hatte beschlossen, sein Zimmer endlich vor Mädchen sicher zu machen. Hier können keine Mädchen eintreten, dessen war er sich sicher. Mit einem Stift in der Hand und einem weißen Blatt Papier vor sich, begann er ein Poster zu zeichnen.

"VERBOTEN FÜR MÄDCHEN" schrieb er in großen Buchstaben und ein roter Kreis machte seine Meinung deutlich.

Er war 9 Jahre lang mit Mama und Papa allein und alles war gut.

Er bekam die Geschenke, er war der kleine Schatz und alle liebten ihn, bis Sofia kam. Plötzlich war er der große Bruder, der ständig das Wort "Nein" hörte. Er klebte es direkt an die Tür, nachdem er sein Schild fertiggestellt hatte. Als er seine Zimmertür öffnete, hörte er Sofia immer noch schreien und schimpfen. Martin hatte genug, er wollte endlich Ruhe, knallte die Tür zu und begann mit seinen Legosteinen eine Ritterburg zu bauen.

Er war fast fertig, als Papa in sein Zimmer kam. "Du hast ein großes Zeichen gesetzt", sagte Papa und steckte seinen Kopf durch die offene Tür. Martin sah ihn an und nickte. "Gibt es etwas, das du mir sagen willst?", fragte sein Vater.

Martin sah ihn an. "Nein", sagte er rasant. "Nun, warum bist du dann hier oben und nicht unten beim Kneten?", fragte sein Vater. Martin warf ihm einen wütenden Blick zu. "Weil Sofia mich wieder belästigt hat. Kann man Schwestern nicht umtauschen?", sagte Martin aufgeregt. Sein Vater sah ihn mit großen Augen an.

"Geschwister kann man nicht austauschen", sagte er mit einem kleinen Lächeln. "Toll, und warum haben wir so einen Schreihals?", fragte Martin seinen Vater. Er setzte sich auf das Bett und zog Martin zu sich heran. Martin saß mit verschränkten Armen neben seinem Vater. "Geschwister sind etwas ganz Tolles. Sie sind deine besten Freunde fürs Leben", erklärte sein Vater.

Martin sah seinen Vater an. "Sofia ist nicht mein Freund, sie nervt nur. Sie schreit nur", sagte er wütend.

Der Vater sah ihn lächelnd an. "Martin, Sofia weint nur, weil sie noch nicht sprechen kann. Sie muss weinen, damit man sich um sie kümmert und ihre Bedürfnisse wahrnimmt. In diesem Alter hast du auch geweint", erklärte der Vater.

"Nein, das habe ich nicht", sagte Martin mit wütender Stimme. "Jungs weinen nicht!". Martins Vater brach in Gelächter aus. "Alle Babys schreien und weinen."

"Aber soll ich dir ein Geheimnis verraten?", fragte er Martin. Er sah seinen Vater angespannt an und nickte: "Eigentlich bist du ein Superheld. Sowie Superman, Hulk und andere auch. Denn du bist der Beschützer deiner kleinen Schwester und musst auf sie aufpassen." Martin sah seinen Vater an. "Wirklich, die großen Brüder sind die Helden der kleinen Schwestern."

"Sofia wird viel von dir lernen und sich immer von dir beschützt fühlen. Du bist also ihr Superheld.", antwortet der Vater.

Martin sah seinen Vater an. Das wollte er nicht so recht glauben. "Wollen wir nicht zusammen nach unten gehen und sehen, was Mama macht?", fragte sein Vater. Martin stimmte zu und ging, mit ihm ins Wohnzimmer. Da saß Mama auf dem Sofa und Martin setzte sich neben sie. "Möchtest du deine Schwester einmal halten?", fragte Mama Martin. Er nickte nur und Mama reichte ihm die kleine Sophia, die noch vor wenigen Sekunden echte Krokodilstränen vergossen hatte.

Sie sah ihn mit großen Augen an und die großen Tränen hörten auf zu fließen. "Siehst du Martin, du bist also doch ihr Superheld", sagte Papa, der mit einem breiten Lächeln vor dem Sofa stand.

Martin sah Sofia in die Augen, die ihn mit großer Bewunderung ansah. Nun, das hätten sie ihm auch eher sagen können. Als Superheld kümmert er sich gerne um seine kleine Schwester.

Rätselfragen zur Geschichte

Wie heißt die kleine Schwester?

Warum ist Martin ein Superheld?

Was wollte Martin mit Mama machen?

Male hier Martins Familie

Der Drachenbändiger

Ferdinand die Eidechse

Eine Geschichte über Ausdauer und Mut.

Max war mit seiner Mutter im Garten. Er liebte es, draußen im Hof oder auf der Wiese zu spielen, solange seine Mutter die Blumen im Garten pflegte. Er baute Schlösser im Sand, spielte mit der Schaukel und lernte neue Tricks mit dem Ball. Alle aufregenden Dinge, die ein Junge im Garten tun kann. Max seine Mutter, hingegen war mit den Blumen rund um den Teich beschäftigt.

Sie pflanzte neue Blumen und beobachtete die Fische, die im Teich schwammen. Max hatte an diesem Tag genug mit dem Ball gespielt und wollte sehen, was seine Mutter tat.

Vorsichtig stand er auf. Doch, bevor er seine Mutter erschrecken konnte, lief etwas Kleines mit vielen Beinen vor ihm vorbei. Max war erschrocken, trat fast auf das unbekannte Wesen und stolperte.

Er ließ sich in den weichen Sand fallen und schlug mit den Händen leicht auf die umliegenden Steine. Seine Mutter bemerkte dies und eilte zu ihm hinüber. "Schatz, hast du dich verletzt?" fragte sie besorgt. Max stand auf und wischte sich den Schmutz von den Händen. "Mama, Indianer kennen keinen Schmerz", sagte er tapfer und sah sich sofort um. "Ich bin gestolpert", erklärte er aufgebracht.

"Jemand hat mir ein Bein gestellt", verkündete er. "Wer soll dir ein Bein stellen, Schatz?", fragte seine Mutter. Aber Max war sich sicher, dass da etwas war. Es war schnell und grün.

"Mama, hier ist ein Tier, ein unheimliches Monster, das mich zum Stolpern gebracht hat.", sagte Max. "Schatz, hier kann es keine Monster geben, wir sind in unserem Garten", sagte seine Mutter.

Aber er war sich sicher, dass es grün und von gigantischer Größe war. Max ging, um sein Netz zu holen. Er würde das Ungeheuer fangen und ihm zeigen, wer hier die längeren Beine hat. Nachdem Max sich ein Netz besorgt hatte, stand er wie ein Indianer am Teich. Bald würde er das furchterregende Tier haben und dann würde er ihm Manieren beibringen.

Max wartet lange, so lange, dass seine Mutter bereits das Haus betreten hat. Seine Augen fielen ihm fast zu, doch dann bewegte sich plötzlich etwas neben ihm. Aus den Augenwinkeln sah Max, dass es grün und lang war.

Vorsichtig schwang er sein Netz und fang das Tier. Wie ein echter Mann hatte er das Netz geschlossen gehalten, damit seine Beute nicht entkommen konnte.

"Maaammmaaaa, Maaammmaaaaa! Ich habe es.", brüllte Max durch den Garten. Seine Mutter kam mit großen Augen heraus und sah, wie ihr Sohn voller Erde war und stolz das Netz hielt. Sie erkannte eine kleine Eidechse in dem Netz, als sie auf Max zuging. "Das ist also das Monster, das dich zum Stolpern gebracht hat", fragte sie ernst. Max nickte. "Mama, was ist das?" fragte Max. "Das mein tapferer Indianer ist eine Eidechse."

Max sah das Monster an. Eine Eidechse? So ein Tier hatte er noch nie gesehen. "Mama, wir brauchen einen Käfig." Max seine Mutter ging ins Haus, holte eine Schüssel mit Deckel, in die sie viele Löcher machte. Mit etwas Erde und Gras ausgestattet, konnte Max seine Eidechse dort halten. "Und wie sollen wir den neuen Bewohner nennen?", fragte seine Mutter. Max kratzte sich am Kopf. "Ferdinand", sagte er direkt.

"Sei willkommen in der Familie, Ferdinand", sagte seine Mutter. Max sah sich die Eidechse genauer an. Ein richtiges Tier für einen Mann, dachte er. Nachdem er sich seinen neuen Bewohner genauer angesehen hatte, kam Papa nach Hause und schaute sich Ferdinand an. "Er sieht traurig aus", sagte sein Vater. Max betrachtete die kleine Eidechse.

"Ich bin mir sicher, er vermisst sein Zuhause", sagte Max zu seinem Vater. Max war sich sicher, dass Ferdinand nicht eingesperrt werden wollte, also nahm er seine Schüssel mit zum Teich und öffnete den Deckel. "Geh nach Hause, Ferdinand. Wir sehen uns, wenn ich wieder im Garten bin", sagte Max. Ferdinand nutzte seine Chance und verschwand.

Max und Ferdinand begegneten sich von Zeit zu Zeit.

Rätselfragen zur Geschichte

Was hat Max gefangen?

Welchen Namen hat das Tier bekommen?

Was hat Max mit dem Tier gemacht?

<u>Julia begegnet der Angst mutig</u>

<u>Die kleine Ermutigungslehre</u>

Eine Geschichte für mutige Mädchen.

Julia kam panisch nach Hause. Ihr Herz klopfte und ihre Hände waren verschwitzt. Ihr Schulranzen flog in eine Ecke, denn sie war schlecht gelaunt. Als sie zu Mama und Papa ins Wohnzimmer ging, saßen diese auf dem Sofa und sahen Julia fragend an. "Was ist los, Schatz." Julia sah Mama an. "Wir müssen in der Schule einen Vortrag halten", sagte sie. "Oh, das ist etwas Großartiges", sagte Papa und klatschte in die Hände.

"Gar nicht!", antwortete Julia wütend. "Wir müssen vor der ganzen Klasse reden. Das ist völlig dumm.", erklärte Julia aufgebracht. "Dann müssen wir etwas an die Tafel schreiben, etwas sagen und malen. Ich kann das nicht tun. Ich bin an diesem Tag krank.", sagte Julia und setzte sich auf das Sofa.

Papa sah Julia an. Er konnte an ihr deutlich erkennen, dass sie Angst hatte und vielleicht auch ein bisschen Lampenfieber.

"Aber Schatz, wenn du zu Hause bleibst, wird dich der Lehrer den Vortrag an einem anderen Tag halten lassen und du kannst nicht ewig zu Hause bleiben." "Warum nicht? Ich kann lesen und schreiben und rechnen, mehr brauche ich nicht", sagte Julia trotzig. "Ich will da nicht hin!", sagte sie wütend. Mama streichelte Julia über den Rücken.

"Schatz kann ich dir etwas sagen?" Julia sah ihre Mutter an und nickte. "Weißt du mein Liebling, ich war auch sehr nervös vor meinem ersten Vortrag. Und auch heute noch, wenn ich vor Menschen sprechen muss, schlägt mein Herz sehr schnell und ich bekomme Angst."

Julia sah Mama mit großen Augen an. "Was du?" Ihre Mutter nickte nur. Das hatte Julia nicht erwartet. Schließlich haben Erwachsene nie Angst. Papa sah Julia an.

"Aus einer solchen Angst kann ein echtes Monster werden. Aber ich denke, ich kann dir helfen. Denn auch ich hatte ein solches Ungeheuer von Angst in mir."

Julia war sich nicht sicher, ob Papa ihr helfen konnte, denn sie hatte einfach keine Lust, den Vortrag zu halten. Wenn sie nur an all die Augen denkt, die sie anstarren, und an das Lachen ihrer Mitschüler, wenn sie Fehler macht. Schrecklich! Sofort zitterten Julias Hände und ihr Herz pochte.

Papa stand auf und reichte Julia die Hand. "Komm schon, mein Liebling, wir werden die Angst überwinden." Julia stand auf und ging mit Papa in ihr Kinderzimmer. Traurig setzte sich Julia auf ihr Bett. "Papa, ich kann das nicht!", sagte sie frei heraus.

"Schatz, was würde passieren, wenn du den Vortrag nicht machen würdest und zu Hause bleibst?"

Julia dachte einen Moment lang nach. "Ich müsste ihn halten, wenn ich wieder zur

Schule gehe. Meine Freunde würden sich fragen, wo ich bin, und dann müsste ich lügen." Und Julia fällt noch ein: "Einige meiner Klassenkameraden würden sicherlich wissen, dass ich Angst hätte, und dann würde der Unterricht noch schlimmer werden."

Ihr Vater nickte. "Du wirst dein Angstmonster damit weiter füttern.", sagte er. "Papa, was kann ich tun?", fragte sie. Denn noch größere Angst wollte Julia nicht empfinden.

Papa sah Julia an. "Weißt du Schatz, wenn du deine Angst weiterhin vermeidest, wird sie nur noch größer. Was könnte im schlimmsten Fall passieren, wenn du den Vortrag hältst?" Julia dachte darüber nach. Sofort schossen ihr erschreckende Bilder durch den Kopf.

"Nun, ich könnte kein Wort herausbringen, stottere oder blamiere mich. Dann lachen alle über mich." Julia vergrub sich weinend in ihrem Kopfkissen. "Komm Liebling, das sind nur Gedanken. Das alles muss nicht sein.", erklärte ihr Vater ihr sanft.

Julias Vater hat sich überlegt, wie er Julia am besten helfen könnte.

Er hatte eine Idee. Übung macht den Meister. "Schatz, ich habe mir gedacht, dass du und ich die Rede üben könnten, bis du genau weißt, was du sagen musst." Julia blickte mit feuchten Wangen vom Kissen auf. "Üben, das wars?"

"Ja!", sagte Papa. "Was würde dir weniger Angst machen?", fragte Papa. Julia dachte darüber nach. "Wenn ich den Vortrag vor dir und Mama halten kann.

"Genau, und was wäre dann der nächste Schritt?" "Wenn Oma kommt", sagte Julia. "Dann haben wir einen Plan." Papa und Julia haben gemeinsam an dem Vortrag gearbeitet. Es dauerte zwei Tage, aber sie hatten alles Wichtige zusammengetragen und sogar einige Plakate gemacht. Nun war es an der Zeit, den Vortrag vor Mama und Papa zu halten. Julia zitterten die Knie. Sie wollte schon aufgeben, doch dann nahm sie ihren ganzen Mut zusammen. Es sind nur Mama und Papa, sagte sie sich immer wieder.

Mama und Papa saßen im Wohnzimmer und Julia fing an, ihre Notizen vorzulesen. Das Blatt schwankte, weil es so stark zitterte. Nach 10 Minuten war sie fertig und Mama und Papa applaudierten. Julia fiel eine Last vom Herzen. Es war gar nicht so schlimm.

Am nächsten Tag kam Oma zu Besuch und Julia fing wieder von vorne an. Später kamen der Großvater und der Nachbar dazu. Und auch diesmal nahm sie all ihren Mut zusammen und meisterte die Lektion mit Bravour. Ohne zu stottern.

Als Julia fertig war, applaudierten alle. "So, mein Liebling, jetzt kannst du den Vortrag vor der Klasse halten!", sagte Julias Vater.

Am nächsten Tag musste Julia ihren Vortrag vor der Klasse halten. Sie hatte keine Angst, weil sie sich sicher war, alles zu wissen, was wichtig war. Als sie an der Reihe war, machte Julia sorgfältig das, was sie zu Hause geübt hatte, und beherrschte es perfekt.

Rätselfragen zur Geschichte

Wovor hat Julia Angst?

Was muss sie vor der Klasse halten?

Mit wem übt Julia?

Der Mutfresser

Eine Geschichte über

Angst, Mut und Freundlichkeit.

Tom war ein kluger Junge, der es liebte, seine Umgebung zu erkunden. Mama sagte immer, er sei ein sehr guter Entdecker. Tom hielt das für eine gute Idee, aber er würde sich als Pirat besser fühlen. Mit Augenklappe, Papagei auf der Schulter und Säbel in der Hand. An einem Dienstagmorgen ging Tom mit seiner Mutter einkaufen. Er liebte es, mit seiner Mutter durch die Stadt zu gehen. Von Zeit zu Zeit bekam Tom ein Eis von seiner Lieblingseisdiele. Er und Mama waren an diesem Morgen viel einkaufen, da Papas Geburtstag bevorstand.

Also kauften sie Kuchen, Geschenke und viele andere Kleinigkeiten. Weil Tom so artig war und seiner Mutter geholfen hatte, bekam er auch dieses Mal ein Eis. Nachdem er und Mama ihre Taschen ins Auto gepackt hatten, fuhren sie zur Eisdiele, wo sein Lieblingseis auf ihn wartete.

Doch an diesem Morgen war etwas anders. Vor dem Fenster, wo die Frau Tom sein Eis aussuchen ließ, saß ein Mann. Er sah unheimlich dreckig aus und hatte ein breites, fieses Grinsen im Gesicht. Mama schien den Mann nicht zu sehen. Der kauerte dort in der Ecke.

"Schatz, bitte wähle ein Eis.", sagte Mama zu Tom. Aber Tom richtete seinen Blick noch immer auf diese Person, die da saß und ihn mit bösen Augen ansah. Tom musste sich zwingen, den Blick von dem Mann abzuwenden und eine Eissorte zu wählen. Er entschied sich schnell für Schokolade und sah den Mann dann wieder an.

Er streckte ihm frech die Zunge heraus und lächelte gruselig mit seinen hässlichen, braunen Zähnen. Tom rückte ein wenig näher an Mama heran, denn der Mann schien Kinder nicht zu mögen.

Irgendwann gab die Mutter Tom sein Eis und begann mit der Verkäuferin zu plaudern. Toll dachte Tom bei sich. Die Mutter unterhält sich angeregt mit der Verkäuferin, während Tom sein Eis aß und den Mann weiter beobachtet. Er lächelte ihn immer noch seltsam an. Irgendwann war Mama fertig und nahm Tom seine Hand, um mit ihm zum Auto zu gehen.

"Mama, hast du den Mann gesehen?", fragte Tom im Auto. Mama nickte nur. "Mama, er ist gruselig und der frisst bestimmt Kinder", sagte Tom. Mama schaute Tom kurz an, als sie an der Ampel standen.

"Schatz, dieser Mann isst keine Kinder. Er ist einfach einsam und sucht eine Wohnung." Tom hat das nicht verstanden. Warum sucht er nach einer Wohnung und geht nicht einfach nach Hause? Tom war sich sicher, dass dieser Mann Kinder erschreckte.

In den nächsten Tagen dachte Tom ständig an diesen Mann.

Er verstand nicht, warum er ihn so böse angeschaut hatte. Schließlich kannte er ihn ja nicht. Tom hatte eindeutig Angst vor diesem Unbekannten. Er war sich sicher, dass er keine Kinder mochte. Einige Tage vergingen und Mama fuhr wieder mit ihm in die Stadt. Tom war glücklich, weil er gerne mit seiner Mutter einkaufen ging. "Sollen wir nach dem Einkaufen ein Eis essen gehen?", fragte Mama.

Sofort kroch Tom eine Gänsehaut über den Rücken. Er wollte nicht zu diesem Mann gehen. "Nein Mama, heute habe ich keine Lust auf ein Eis.", sagte Tom schnell, damit Mama nicht in die Eisdiele ging. Mama sah Tom fragend an. "Schatz, fehlt dir etwas?", fragte sie besorgt. "Nein Mama, mir geht es gut.", antwortet Tom schnell.

"Aber ich will heute kein Eis." Mama fragte nicht weiter und ging mit Tom gleich in den Laden und nach Hause. Als Mama und Tom nach Hause kamen, ging Tom gleich in sein Zimmer. Traurig setzte er sich auf sein Bett.

Konnte er jemals wieder Eis essen? Tom war wütend und hatte gleichzeitig Angst vor diesem Mann.

Er sah unheimlich aus, irgendwie fürchtete sich Tom vor ihm und er war sich sicher, dass dieser Mann kleine Kinder verschlang. Es klopfte an Tom seiner Zimmertür. Papa steckte seinen Kopf herein. "Na, mein Großer, was machst du denn da?" Tom sah Papa traurig an: "Nichts, Papa."

Papa sah sofort, dass mit Tom etwas nicht stimmte und setzte sich zu ihm. "Willst du mir nicht sagen, was dich bedrückt?" Tom sah Papa an, der auf eine Antwort wartete.

Tom wusste nicht, wie er es Papa erzählen sollte. "Kann es sein, dass du Angst hast?", hatte Papa den Nagel auf den Kopf getroffen. Tom nickte nur.

"Kein Grund, sich zu schämen. Angst ist etwas völlig Normales, und manchmal ist Angst auch nützlich." Tom sah Papa an. "Aber Jungen haben keine Angst", sagte Tom schnell.

"Jungen haben manchmal auch Angst, und das ist gut so. Angst schützt dich davor, schlechte und dumme Dinge zu tun." Tom dachte darüber nach und erzählte seinem Vater von diesem Mann.

"Du hast Recht, Schatz. Manchmal hat man Angst vor jemandem, weil er unheimlich aussieht oder nicht freundlich ist." Tom wusste nicht, was er tun sollte.

Auf sein Eis mit seiner Mutter wollte er nicht mehr verzichten. "Papa, was soll ich tun?"

Papa berührte sein Kinn und dachte nach. Welchen Rat konnte er Tom geben? Papa sah Tom an: "Mein Schatz, du brauchst keine Angst zu haben. Wenn du dich vor jemandem oder etwas fürchtest, dann stell dich aufrecht hin und sage ganz laut: ICH HABE KEINE ANGST."

Tom sah Papa fragen an. Und das soll funktionieren? Tom glaubte es immer noch nicht. Es schien viel mehr, als ob der Mann all seinen Mut aufsaugte und nichts mehr übrig ließ. Am nächsten Tag bot Mama Tom ein Eis an. Er wollte schon wieder ablehnen, aber dann erinnerte er sich an die Worte seines Vaters. "Ja Mama, lass uns Eis essen."

Als er die Eisdiele erreichte, saß der Mann wieder dort. Der Mann mit dem hässlichen Lächeln, der Tom Angst machte und ihm seinen Mut nahm.

Mama und Tom gingen ans Fenster und Tom suchte sich eine Eissorte aus. Während er auf seine Eiskugel wartete, funkelte ihn der Mann an. Angst packte Tom.

Dann erinnerte er sich an die Worte seines Vaters. Also stellte er sich vor den Mann. "Ich habe keine Angst", schrie er ihn an.

Der Mann verlor sofort sein böses Grinsen. Er stand auf und ging weg. Tom war sehr stolz auf sich und ging sein Eis von Mama holen.
"Schatz, was war los?", wollte Mama wissen.
"Oh nichts Mama, ich war mutig und habe meine Angst besiegt", sagte Tom stolz.
"Na dann hast du dir dein Eis verdient", verkündete Mama und reichte Tom sein Vanille-, Schokoladen- und Erdbeereis.

Rätselfragen zur Geschichte

Vor wem hat Tom Angst?

An welchem Ort hat Tom Angst?

Welchen Rat gibt ihm sein Vater?

Male dein Lieblingseis.

Max und sein großer Tag

Die Geschichte über den Glauben

an sich selbst.

Heute ist Max sein großer Tag und er hat keine Lust aufzustehen. Gleich wird Mama kommen und ihn zum Frühstück mitnehmen. Er hatte keine Lust dazu, nicht einmal auf die frischen Brötchen, die Mama immer backte. Er wollte einfach nur im Bett bleiben und nichts tun.

Max hat heute seinen großen Tag. Er wurde als Klassensprecher zum Sportfest eingeladen. Max war in der Auswahl der Beste im Weitsprung und durfte nun seine Klasse vertreten. Nein, er wollte nicht und bedeckte seinen Kopf mit der Decke.

Als er sich unter der Bettdecke versteckte, hörte er, wie Mama leise sein Zimmer betrat. "Schatz, steh auf. Heute ist dein großer Tag.", verkündete sie. "Mama, ich glaube, ich bin krank", sagte Max und hielt sich immer noch die Decke über den Kopf. "Ich kann da nicht hin."

Seine Mutter setzte sich auf den Rand des Bettes und zog langsam die Decke weg. "Was ist los, mein Schatz. Was tut dir weh?" Max dachte nach. Schnell musste er sich etwas einfallen lassen. "Ähh, ich habe Puddingknie. Sie zittern fürchterlich, Mama. So kann ich nicht springen."

Max seine Mutter, schaute ihren kleinen Jungen mitfühlend an. "Ich verstehe das natürlich sehr gut. Aber wenn es um echte Puddingknochen geht, muss man schnell handeln", sagte seine Mutter. Max sah seine Mutter an. "Was kannst du tun, Mama?" Seine Mutter zog ihm langsam die Decke weg und half ihrem Schatz auf. "Komm Liebling, nach einer Tasse Kakao wirst du dich besser fühlen."

Max folgte seiner Mutter in die Küche. Max wollte heute nicht dorthin. Keine 100 Pferdestärken würden ihn auf den Sportplatz bringen. Als Max sich an den Tisch setzte, kam sein Vater um die Ecke. "Nun Sportler. Bist du bereit für die große Show?" Max rutschte sofort in seinen Stuhl. Warum mussten alle glauben, er sei ein Sportler? Es war reines Glück, dass er weiter sprang als alle anderen. Max sein Vater wusste sofort, dass mit seinem Springmeister etwas nicht stimmte. Er saß Max gegenüber am Frühstückstisch. "Was hast du? Freust du dich nicht auf diesen Tag?"

Max schüttelte nur den Kopf. "Was beschäftigt und beunruhigt dich? Willst du mir nicht davon erzählen?", fragte sein Vater, während er sich ein Brötchen schmierte. Max sah seinen Vater an.

Er wollte ihm sagen, was los war. Vielleicht würde er sich dann besser fühlen.

"Ich möchte wirklich nicht dorthin gehen. Ich will mich nicht vor all den Zuschauern blamieren und außerdem habe ich Puddingknie." Max sein Vater, sah ihn aufmerksam an. Er verstand es nur zu gut. Der Vater schob den Teller beiseite und sah seinen kleinen Athleten an. "Schatz, du wirst großartig sein. Keiner wird dich auslachen."

"Doch das werden sie, wenn ich nicht weiter als eine Schnecke springe." Max rutschte noch ein Stück weiter hinunter. Er wollte da einfach nicht hin. Max sein Vater beobachtete seinen Sohn weiterhin. Er wusste, dass sein Sohn Angst hatte sich zu blamieren. "Ich habe eine Idee.", sagte sein Vater plötzlich.

Er sprang von seinem Stuhl, ging ins Badezimmer und holte den roten Lippenstift seiner Frau. Damit kehrte er an den Tisch zurück. Er streckte Max die Hand hin und führte ihn in den Flur. "Was willst du damit machen?", fragte Max. "Möchtest du, dass ich auch wie ein Idiot aussehe?", fragte dieser empört.

"Nein", sagte sein Vater. Aber ich habe eine Idee, wie ich dir helfen kann. Max sein Vater holte den Lippenstift hervor und zeichnete zwei Striche auf seine Wangen. Danach zeichnete er auch Max zwei Striche ins Gesicht. "Jetzt haben wir Kriegsbemalung, wie die Indianer sie hatten.", verkündete sein Vater stolz.

Dann stellte er sich vor den Spiegel und schlug sich auf die Brust wie King Kong. "Was machst du da, Papa?", fragte Max ihn.

"Ich bin stark wie ein Krieger.", verkündete dieser.

Max sah seinen Vater an. Er konnte nicht glauben, was er da tat. Max verstand nicht, was das bringen sollte, aber sein Vater gab nicht auf, bis Max vor dem Spiegel stand und sich auf die Brust klopfte. "Sag dir immer wieder das du das schaffst.", forderte Max sein Vater ihn auf.

"Ich schaffe das", murmelte Max . "Lauter, Liebling", drängte sein Vater. "Ich kann es", wiederholte Max . "Noch lauter", sagte sein Vater. Max nahm seinen ganzen Mut zusammen und rief seinem Spiegelbild zu. "Ich schaffe es!"

"Sehr gut. Und wie fühlst du dich jetzt? ", fragte sein Vater. "Paappaa! Ich glaube, ich habe den Pudding in den Beinen besiegt!"

"Prima. Dann können wir losfahren." Max war begeistert und konnte es kaum erwarten, auf den Sportplatz zu kommen.

Als Max am Sportplatz ankam, musste er nicht lange warten. Aber da war er wieder, der Pudding in seinen Beinen. Aber Max ließ sich nicht beirren. Er wusste, dass er es schaffen konnte. Jetzt war er an der Reihe. Er nahm Anlauf und sagte sich immer wieder: "DAS KANN ICH SCHAFFEN." Als er vor dem Absprungbrett ankam, sprang er mit einem riesigen Satz in den Sand. Sein bester Sprung, so weit war er noch nie gesprungen. Seine Klasse jubelte und Max feierte sich.

Er hatte es geschafft!

Rätselfragen zur Geschichte

Wovor hat Max Angst?

Was malt Max sein Vater, sich ins Gesicht?

Wie fühlen sich Max seine Knie an?

Elli und das Stinktier

Eine Geschichte über das Ärgern und große Träume.

Elli ist ein kleines dunkelhaariges Mädchen mit einem großen Traum. Vielleicht errätst du den Traum, bevor ich ihn dir jetzt erzähle?

Die kleine Elli wollte eine Prinzessin sein. In einem Schloss leben, einen Prinzen heiraten und am besten den ganzen Tag elegante Kleidung tragen. Wie es eine echte Prinzessin tut.

Elli fühlt sich in ihrem Zimmer am wohlsten. Dort war alles auf Mädchen ausgerichtet.

Sie hatte eine echte Prinzessinnenkrone und viele Rosen im Zimmer. Elli wohnte natürlich nicht allein in der großen Wohnung, sondern mit Mama, Papa und Nils, ihrem kleinen Bruder. Elli wollte nie einen Bruder. Am liebsten hätte sie eine Schwester gehabt, die mit ihr am Schminktisch saß und schöne Kleider anprobierte.

Aber Papa sagte, man kann sich nicht aussuchen, was der Klapperstorch für Geschwister bringt. Jetzt hatte sie den Salat. Sie hatte einen Bruder, der mit Autos spielt und nicht mit Schminke.

Mama und Papa waren ganz verzaubert von dem kleinen Wonneproppen. Sie hingegen fand ihren Bruder langweilig. Nils sabberte viel, als er jünger war. Und jetzt, wo er sprechen konnte, war es noch schlimmer. Er hat immer ihre Sachen weggenommen.

Er benutzte die Kleider als Höhle für seine Dinosaurier und nahm ihre Schminke für seine Kriegsbemalung. Mama wollte immer, dass Elli und Nils zusammenspielen.
Aber Elli wollte das nicht. Sie zog es vor, am Wochenende Prinzessinnenbilder auszumalen und eine Modenschau für Papa zu veranstalten.

Ihr Bruder hingegen ist mit seinen blöden Autos immer im Weg.

Es war Samstag und Elli hatte den ganzen Morgen mit ihren Prinzessinnen gespielt. Ihre Puppen hatten bereits ihr Traumschloss, und auch sie wollte ein ähnliches Schloss besitzen. Am Nachmittag war Zeit für eine Modenschau. Elli hatte sich viel Zeit genommen, um ein Kleid und andere Gegenstände auszuwählen. Die großen, glitzernden hohen Schuhe hatte sie sich von ihrer Mutter geliehen.

Das Wohnzimmer wurde zum Laufsteg und Papa saß schon mit Mama auf dem Sofa und freute sich. Nils spielte wieder mit seinen Autos. Jetzt war Ellis großer Auftritt. Sie ging in Mamas Schuhen und einem rosa Kleid aus der Tür und blieb direkt im Wohnzimmer stehen. Mit kleinen Schritten stolzierte sie den imaginären Laufsteg hinunter.

Mama und Papa staunten und machten "Oh"- und "Wow"-Laute.

Plötzlich, als Elli fast am Ende ihres Weges war, schoss Nils ihr ein Auto unter den Schuh. Elli stieg auf das Plastikauto und fiel zu Boden. Nils fing sofort an zu lachen. "Haha, Elli ist zu dumm zum Laufen.", pustete es aus ihm heraus.

Mama und Papa standen vom Sofa auf und wollten Elli aufhelfen. Mama hielt Ellis Hand und half ihr auf. "Ist dir etwas zugestoßen, Schatz?", fragte sie. Aber Elli konnte nicht antworten. Zu viele Tränen liefen ihr über die Wangen. "Und jetzt weint die Prinzessin.", neckte Nils sie weiter. "Du wirst nie eine Prinzessin sein, denn die weinen nicht.", sagte Nils.

"Nils, hör auf, deine Schwester zu ärgern", schimpfte Papa. Aber in Elli explodierte die Wut.

Elli war sauer auf Nils und seine Autos. "Du bist ein echtes Stinktier Nils.", warf sie ihrem Bruder an den Kopf. Dann schlüpfte sie aus ihren Schuhen, schnappte sich das Auto, auf das sie getreten war und rannte in ihr Zimmer. Bumm, knallte sie die Tür ins Schloss und warf sich in ihr Bett. Elli hörte Mama im Wohnzimmer schimpfen. Zumindest geriet dieses dumme Stinktier in Schwierigkeiten. Sie hasste ihren kleinen Bruder. Er war so dumm.

Wenn sie eine Prinzessin wird, muss er in den Kerker. Elli lag immer noch auf dem Bett, als Papa ins Zimmer kam. "Nun, meine kleine Prinzessin. Wie geht es dir?"

"Papa können wir Nils nicht umtauschen?", fragte Elli. "Gegen ein Einhorn vielleicht?" Papa sah Elli erstaunt an und versuchte, nicht zu lächeln. "Aber Schatz, Geschwister kann man nicht umtauschen."

"Nicht einmal, wenn sie so dumm sind wie Nils?", fragte sie verzweifelt. "Nein, Schatz, deinen Bruder kannst du auch nicht tauschen." "Aber warum willst du deinen Bruder gegen ein Einhorn eintauschen, Liebling?" Sie sah Dad lange an, bis sie ihm antwortete. "Weil Nils gesagt hat, dass ich nie eine Prinzessin sein werde. Nils ist so dumm, Papa."

Papa sah Elli an und strich ihr über den Rücken. "Liebling, Geschwister können nicht ausgetauscht werden. Aber ich bin mir sicher, dass Nils dich sehr liebt." Elli sah Papa fragend an. Das kann nicht sein, dachte sie. Wenn du jemanden liebst, neckst du ihn nicht. Papa rutschte ein wenig mehr zu Elli hin. "Soll ich dir ein Geheimnis verraten?"

Elli spitzte sofort die Ohren und nickte. Vielleicht kann Papa ihr ein Geheimnis über Nils erzählen.

Vielleicht macht er noch ins Bett.

"Von seinen Wünschen zu träumen bedeutet, besonders mutig zu sein", sagte Dad zu ihr. Sie verstand es jetzt nicht, wo das Geheimnis darin ist. Sie sah Papa mit großen Augen an. Bevor sie eine Frage stellen konnte, fuhr Dad fort. "Mein Schatz, jeder der Träume hat, gilt als besonders stark und mutig. Denn er hat eine Vorstellung davon, was er eines Tages schaffen möchte."

"Mit dieser Vorstellungskraft und diesem Mut kannst du alles tun. Wenn du also eine Prinzessin sein willst, dann habe den großen Mut, das auch zu sein."

Elli dachte einen Moment lang darüber nach. Wenn sie also mutig ist, weil sie einen Traum hat, dann ist sie viel stärker als Nils. Sofort musste Elli lächeln. Sie war mutig, viel mutiger als ihr kleiner Bruder!

Rätselfragen zur Geschichte

Was führt Elli ihren Eltern vor?

Welchen Wunsch hat Elli?

Worauf tritt sie und fällt hin?

Brillenschlange-Maria

hat Angst vor Ablehnung

Eine Geschichte über Mut

und Entschlossenheit.

In letzter Zeit hatte Maria immer wieder Kopfschmerzen, weshalb sie mit ihrer Mutter zum Kinderarzt ging. Er empfahl jedoch einen weiteren Termin beim Augenarzt. "Maria, du brauchst vielleicht eine Brille.", sagte er ihr. Maria war überrascht. Sie will keine Brille! "Mama, ich will keine Brille.", sagt sie zu ihrer Mutter, als sie auf dem Weg nach Hause waren.

"Schatz, wenn du ständig Kopfschmerzen hast und schlecht siehst, dann brauchst du eine Brille.", versucht ihre Mutter zu erklären. "Ja, aber ich will keine Brille. Ich fühle mich nicht mehr schlecht.", behauptet Maria sofort.

"Schatz, wir werden sehen. Als Erstes brauchen wir einen Termin beim Augenarzt.", beruhigt ihre Mutter sie. "Großartig!", dachte Maria. Dann sieht sie aus wie Tim mit seiner großen runden Brille. Maria will so nicht aussehen. Am nächsten Tag im Kindergarten hatte Maria keine Lust zu spielen. Sie saß in der gemütlichen Ecke und schaut sich allein ein Buch an. Die Kopfschmerzen sind immer noch da und gingen einfach nicht weg. Doch das würde sie ihren Eltern nicht erzählen.

Am Nachmittag holten Mama und Papa Maria ab. Die Erzieher sprachen mit ihrem Vater und erzählen ihm von der Zurückgezogenheit seiner Tochter. "Maria war heute so zurückgezogen und abwesend.", berichten sie. "Sie saß den ganzen Tag in einer Ecke und schaute in ein Buch."

Ihre Erzieher waren besorgt. Papa erzählt ihnen von Marias Brillenproblemen. Auf dem Heimweg sagt Mama, dass sie und Maria in zwei Tagen einen Augenarzttermin haben. Maria protestiert sofort.

"Ich gehe da nicht hin. Ich habe keine Kopfschmerzen mehr."

"Schatz, komm her und setz dich mit uns auf die Couch", sagt Papa und sank in das weiche Kissen. "Warum willst du keine Brille, mein kleiner Schatz?", fragt Papa direkt. Maria sah ihn erstaunt an. "Weil es total blöd aussieht.", antwortet sie empört. "Dann sehe ich aus wie Tim mit seiner riesigen Brille. Er sieht aus wie eine Schlange mit Brille.", sagt Maria aufgeregt.

"Schatz, das sagt man nicht.", korrigiert Mama ihre Tochter. "Aber so nennen die anderen Kinder Tim.", sagt Maria.

"Liebling, wenn du eine Brille brauchst, ist das wichtig. Denn deine Kopfschmerzen werden wiederkommen, und außerdem werden deine Augen schlechter sehen können. Mit Brille siehst du nicht aus wie eine Schlange mit Brille. Viele berühmte Menschen haben Brillen getragen. Albert Einstein zum

Beispiel trug eine Brille, und sogar Superhelden tragen sie von Zeit zu Zeit!

Ich verspreche dir, wenn du eine Brille brauchst, finden wir eine super coole für dich.", sagt Papa.

"Aber Papa, die anderen Kinder werden mich auslachen.", sagt Maria besorgt. "Das werden sie sicher nicht, denn deine Brille wird besonders schön sein." ,erklärte Papa.

Der Termin beim Augenarzt stand an und Maria hat Angst. Als der Arzt ihre Augen untersucht hatte, stellt er fest, dass Maria eine Brille braucht. Er füllt alle notwendigen Unterlagen aus. Kurz darauf gingen Maria und ihre Mutter zum Optiker. "Ich will nicht, Mama.", protestiert Maria. Mama hockt sich vor Maria. "Schatz, die Brille ist nichts Schlechtes. Sie wird dir helfen. Du wirst so gut sehen können wie ein Adler!"

Maria ist nicht überzeugt, und als sie den Laden betraten, will sie sofort wieder gehen. Kurz darauf kommt auch Papa mit Lea in den Laden. Lea ist die ältere Schwester von Maria.

"Es hat etwas länger gedauert, einen Parkplatz zu finden.", entschuldigt er sich. Eine Verkäuferin kommt auf sie zu. Marias Mutter erklärt die Umstände. Die Verkäuferin nickt immer wieder mit dem Kopf und führt Mama und Maria zu dem Bereich, wo die Kinderbrillen zu finden sind.

Die nette Mitarbeiterin zeigt Maria das große Sortiment.

So viele Farben und Formen! Maria ist erstaunt. Sie dachte, dass alle Brillen wie die von Tim aussehen würden. "Du kannst sie alle ausprobieren und wir werden sehen, welche dir am besten gefällt.", sagt die nette Verkäuferin.

Während sie nach weiteren Fassungen sucht, sprechen Marias Eltern mit dem Optiker, der ihrer Tochter die Sehhilfe anpassen wird. Maria probiert alle Brillen. Erst die Runden, dann die Eckigen, dann die Blauen und schließlich die Glitzerbrillen. Zwischendurch fragt sie immer wieder ihre ältere Schwester Lea, wie ihr eine Brille gefällt oder wie sie aussieht.

Maria setzt auf einen schlichten Rahmen, der außen blau und innen apfelgrün war. Aber das ist ein Geheimnis, das sie an diesem Tag nur ihrer Mutter und der netten Verkäuferin erzählt.

Nach einer Woche erhielt Mama einen Anruf, dass die Brille zur Abholung bereit ist.

Heute freute sich Maria auf ihre Brille riesig, denn sie mag sie sehr.

Nach einer kurzen Einweisung und einigem Biegen der Brillenbügel verlässt sie mit ihrer Mutter stolz das Geschäft. Maria ist gespannt, was Lea und Papa dazu sagen würden. Als sie zu Hause ankamen, staunten Papa und Lea. "Du siehst superschick aus.", sagt Lea anerkennend. Papa zeigt Maria einen Daumen nach oben und lächelt über sein ganzes Gesicht. Maria ist stolz und kann es kaum erwarten, in den Kindergarten zu kommen, weil sie dort ihren Freundinnen ihre neue Brille zeigen kann.

Am nächsten Tag schließt sich Maria mit einem breiten Lächeln im Gesicht ihrer Gruppe an. "Wow, Maria, du siehst toll aus!", sagte ihre Erzieherin mit Bewunderung. Und auch ihre Freundinnen rannten auf sie zu und bestaunen Marias Brille. Niemand sagt etwas Schlechtes oder macht sich über Maria lustig. Jetzt ist sie wieder richtig glücklich!

Ihre Kopfschmerzen sind weg und sie kann alle Spielsachen und Bücher wieder deutlich sehen.

<u>Rätselfragen zur Geschichte</u>

Was braucht Maria?

Wie sieht der Brillenrahmen von Maria aus?

Wovor hat Maria Angst?

Male Maria und ihre Brille aus.

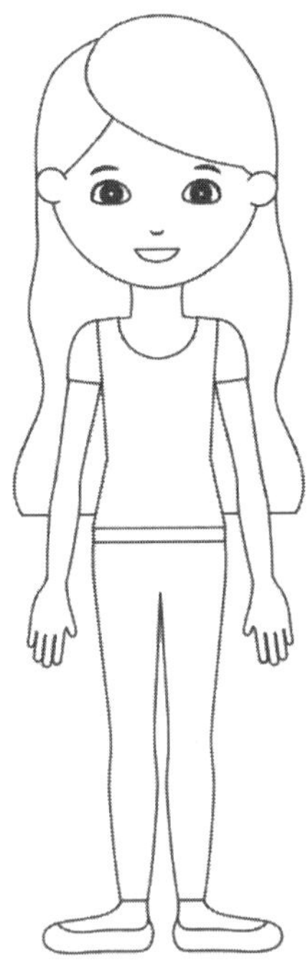

Bonus: Die Mut-Mach-Abendgeschichte

Wie oft hast du schon in der Nacht Angst gehabt? Ich möchte dir ein kleines Geheimnis verraten. Wir haben in der Nacht alle schon einmal ein klopfendes Herz gehabt. Ich möchte dir eine kleine Geschichte von den Angstmonstern erzählen.

Kennst du in der Nacht die kleinen Angstmonster? Dann höre mir aufmerksam zu. Nun, manchmal habe ich Angst vor der Dunkelheit. Ich brauche immer ein Licht. Schon als Kind wollte ich nicht alleine im Dunkeln schlafen. Hast du auch ein Nachtlicht? Na, dann sind wir schon zwei. Aber warum haben wir nachts wirklich Angst? Kennst du die Antwort? Bevor du es mir sagst, möchte ich dich auf eine kleine Reise durch die Nacht mitnehmen.

Also genau dann, wenn es dunkel ist und wir alle im Bett sind. Was siehst du dann?

Ich werde dir sagen, was ich sehe.

Nichts, denn es ist dunkel. Aber als Kind dachte ich immer, dass Monster unter meinem Bett sitzen und dort Karten spielen. Aber sie haben mich nie mit spielen lassen. Und wenn es draußen stürmte, dachte ich immer, das Haus vor meinem Fenster wollte mit mir ins Bett. Es ist immer wieder kaputt gegangen. Das waren komische Geräusche, als ob die Monster eine Party vor meiner Tür feiern würden.

Kennst du diese Geräusche? Dann werde ich dir jetzt ein Geheimnis verraten und dir sagen, woher diese Geräusche kommen. Unsere Sinne spielen uns Streiche. Sie machen sich einen Spaß daraus, uns Dinge zu zeigen, die nicht da sind. Wenn es dunkel ist und wir nicht richtig sehen können, weil wir keine Katzen sind, dann vermuten wir, dass wir etwas sehen, das nicht da ist. Wenn es nachts sehr ruhig ist, glauben wir immer wieder Geräusche zu hören.

Aber das Knarren vor meiner Tür zum Beispiel war nur das Holz des Fußbodens, das sich ausdehnte. Also keine Monster die eine Party machen.

Schade eigentlich, die hätten bestimmt lustig ausgesehen.

Unser Gehirn spielt uns manchmal echte Streiche.

Ich habe auch ein kleines Rezept für dich, wie du diese seltsamen Kreaturen verscheuchen kannst.

Sage dir immer wieder, dass hinter dem Bett, unter dem Bett und auch im Kleiderschrank nichts zu finden ist.

Mache dir selber Mut!

Und wenn du besonders viel Mut hast, stehe auf, gehe an deine Tür und sage: "Liebe Partymonster, die Party ist jetzt vorbei!"

Ausmalbilder für dich

Haftungsausschluss

„Die Verwendung der Informationen in diesem Buch und die Umsetzung derselben erfolgt ausdrücklich auf eigenes Risiko. Der Autor kann für etwaige Unfälle und Schäden jeder Art, die sich bei der Zubereitung der Speisen ergeben, aus keinerlei Rechtsgrund die Haftung übernehmen. Haftungsansprüche gegen den Autor für Schäden jeglicher Art, die durch die Nutzung der Informationen in diesem Buch bzw. durch die Nutzung fehlerhafter und/oder unvollständiger Informationen verursacht wurden, sind ausgeschlossen. Folglich sind auch Rechts-und Schadenersatzansprüche ausgeschlossen. Der Inhalt dieses Werkes wurde mit größter Sorgfalt erstellt und überprüft. Der Autor übernimmt keine Gewähr und Haftung für die Aktualität, Korrektheit, Vollständigkeit und Qualität der bereitgestellten Informationen. Druckfehler können nicht vollständig ausgeschlossen werden. Weiterhin beruht der Inhalt dieses Werkes auf persönlichen Erfahrungen und Meinungen des Autors. Der Inhalt darf nicht mit medizinischer Hilfe verwechselt werden."

Impressum

© S & L Creative Collection
Autorin Mara Linde

1. Auflage

Kontakt: S & L Breunung, Bockemühlstraße 7, 01279 Dresden Saxony/ Germany

Covergestaltung: Daniela Brenner deincoverdesign.de
Coverfoto: Adobe Stock

Bildmaterialien: Canva, Pixabay

Printed in Poland
by Amazon Fulfillment
Poland Sp. z o.o., Wrocław

84035340R00060